Ve a **www.eyediscover.com**
e ingresa el código único
de este libro.

CÓDIGO DEL LIBRO

AVF49847

EYEDISCOVER te trae libros mejorados por multimedia que apoyan el aprendizaje activo.

Published by AV² by Weigl
350 5th Avenue, 59th Floor   New York, NY   10118
Website: www.eyediscover.com

Copyright ©2020 AV² by Weigl
All rights reserved. No part of this publication may be reproduced, stored in a retrieval system, or transmitted in any form or by any means, electronic, mechanical, photocopying, recording, or otherwise, without the prior written permission of the publisher.

Library of Congress Control Number: 2019936205

ISBN 978-1-7911-0800-7 (hardcover)

Printed in Guangzhou, China
1 2 3 4 5 6 7 8 9 0   23 22 21 20 19

042019
111918

English Editor: Katie Gillespie
Spanish Project Coordinator: Sara Cucini
Designer: Mandy Christiansen
Spanish/English Translator: Translation Services USA

Weigl acknowledges Getty Images, iStock, Shutterstock, and Dreamstime as the primary image suppliers for this title.

EYEDISCOVER proporciona contenido enriquecido, optimizado para el uso en tabletas, que complementa este libro. Los libros de EYEDISCOVER se esfuerzan por crear un aprendizaje inspirado e involucrar a las mentes jóvenes en una experiencia de aprendizaje total.

Mira
El contenido de video da vida a cada página.

Navega
Las miniaturas simplifican la navegación.

Lee
Sigue el texto en la pantalla.

Escucha
Escucha cada página leída en voz alta.

Tu EYEDISCOVER con Seguimiento de Lectura Óptico cobra vida con...

Audio
Escucha todo el libro leído en voz alta.

Video
Los videos de alta resolución convierten cada hoja en un seguimiento de lectura óptico.

OPTIMIZADO PARA

✓ **TABLETAS**

✓ **PIZARRAS ELECTRÓNICAS**

✓ **COMPUTADORES**

✓ **¡Y MUCHO MÁS!**

LAS ESTRELLAS

En este libro, aprenderás

- **cuánto viven las estrellas**

- **cuál es la estrella más brillante**

- **cuál es la estrella más cercana a la Tierra**

¡y mucho más!

La Tierra se encuentra en una galaxia llamada Vía Láctea que está formada por miles de millones de estrellas.

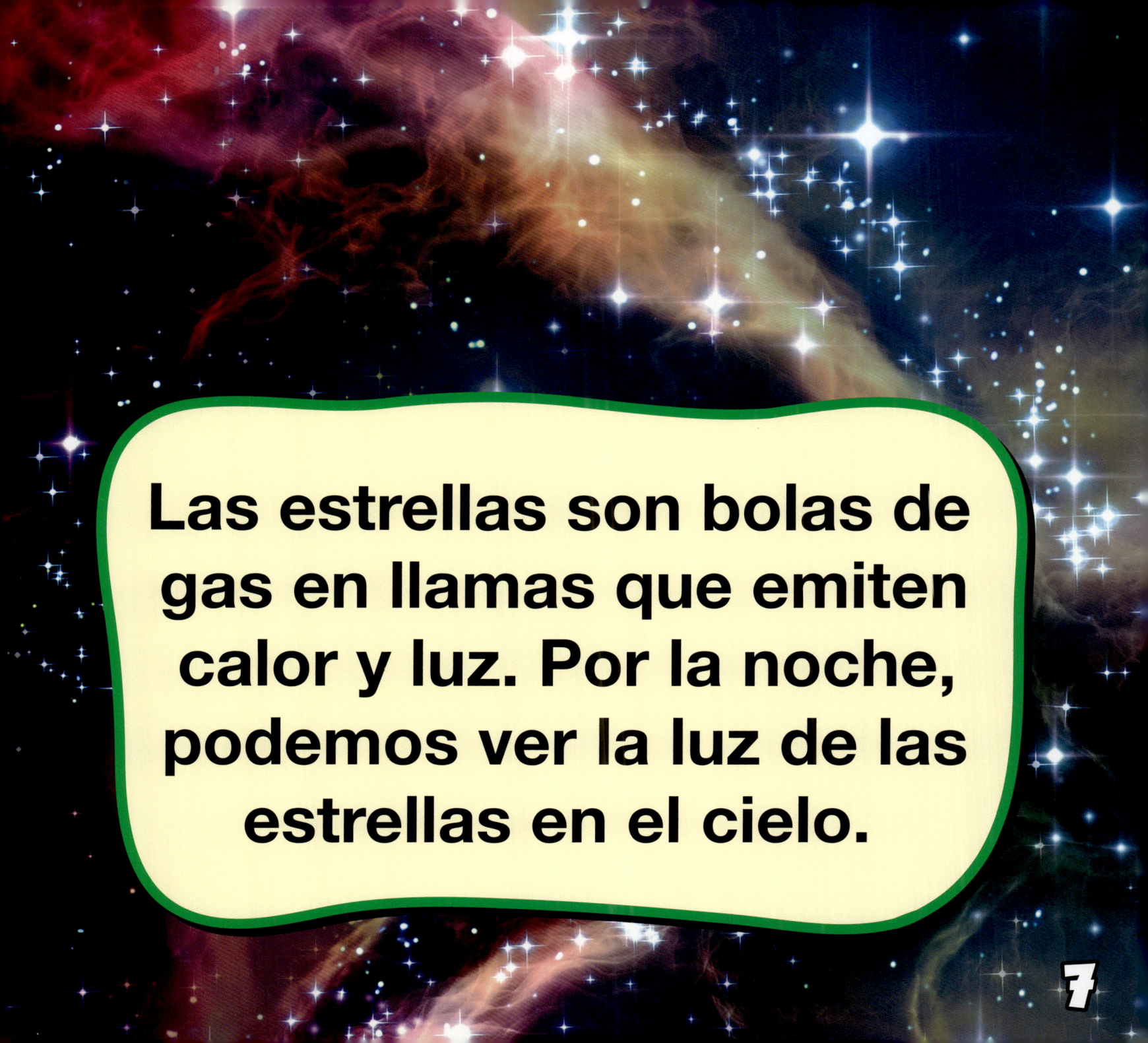

Las estrellas son bolas de gas en llamas que emiten calor y luz. Por la noche, podemos ver la luz de las estrellas en el cielo.

En una noche clara, podemos ver unas 2.500 estrellas diferentes en el cielo.

El sol es nuestra estrella más cercana. Sin su calor y su luz, no habría vida en la Tierra.

Sirio →

12

La estrella más brillante que podemos ver en el cielo es Sirio. Es una de las más cercanas a la Tierra.

Las estrellas pueden vivir hasta 10 mil millones de años. Cuando mueren, algunas hacen una explosión llamada supernova.

Las estrellas pueden guiar a la gente. La Estrella del Norte está todas las noches en el mismo lugar. Muestra dónde está el norte.

Al mirar las estrellas, a veces se pueden ver figuras. Las llamamos constelaciones.

Hay muchas constelaciones conocidas en el cielo, como Piscis, Tauro y Orión.

LAS ESTRELLAS EN NÚMEROS

Hay **88 constelaciones oficiales** en el cielo.

Deneb

La estrella **Deneb** se puede ver desde la Tierra a pesar de que está a **19 mil billones de millas de distancia** (30 mil billones de kilómetros).

La superficie de una estrella puede tener una temperatura **superior** a los **90.000° Fahrenheit** (50.000° Celsius).

Algunas estrellas podrían tener la misma edad que el universo.

La **luz** de la **segunda** estrella **más cercana** a la Tierra tarda **4,2 años** en **llegar a nuestro planeta**.

Los científicos creen que podrían haber unos **300 mil trillones de estrellas en el universo**.

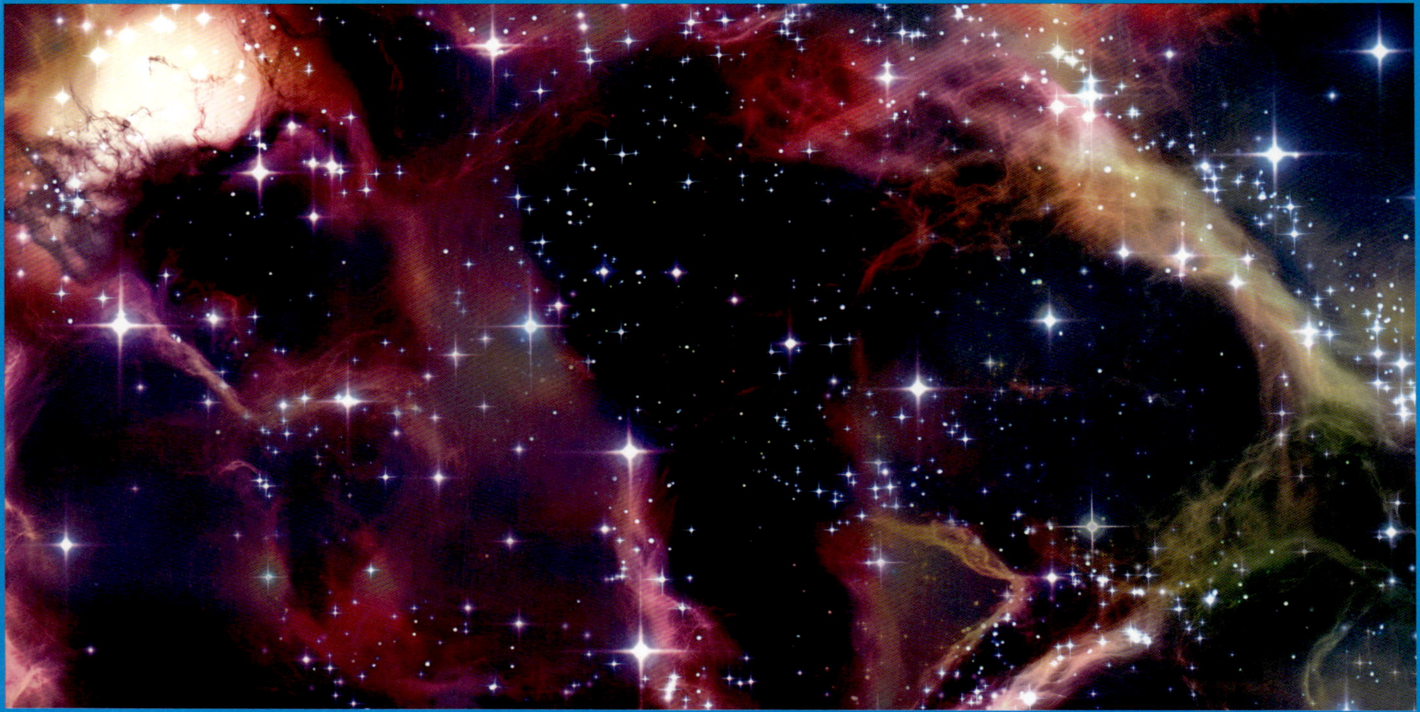

Mira
El contenido de video da vida a cada página.

Navega
Las miniaturas simplifican la navegación.

Lee
Sigue el texto en la pantalla.

Escucha
Escucha cada página leída en voz alta.

Ve a www.eyediscover.com e ingresa el código único de este libro.

CÓDIGO DEL LIBRO

AVF49847